꽃의 속도

지혜사랑 290

꽃의 속도

김재언 시집

지혜

시인의 말

시어 한 잎 건져놓고 무릎을 치는
낮밤을 걸어 걸어서 젖어드는 꽃물에 온전히 미치는
내딛는 숨결마다 꽃빛으로 붉어지는
한 포기 시 모종을 사람 하기 위해 두 손 모으는

2024년 5월 끝자락

차례

1부

2부

3부

4부

1부

물저울

참깨를 푼다
휘휘 조리질하면
밀려나지 않으려는 알곡들이
물살을 파고든다

무게는 바닥에 닿으려는 발바닥의 습성
선에 들지 못한 쭉정이들은
파문 밖으로 밀려나고

뒤척이지 마라
가라앉아라

물은 저울이다

'여문'이란 태양의 정수리가 붉었다는 말
수태기의 절기를 다진 깨알은
제 속을 단단히 채웠을 것이다

평형에 매달린 낟알들이
기울어진 중심을 버티고 있다
어림의 잣대로 부유하는 호흡들
수면이 잠잠해질 때까지
물의 눈금을 측량하고 있다

데칼코마니

그러니까
당신은 가벼워져도 좋아
죽은 뒤에도
같은 표정으로 쏟아질 테니

똑같은 무늬이고 싶은 건
발가락 지문이거나
위조지폐 그리고 첫사랑 따위

펼치고 접으며
또 하나의 이념을 찍어내는
어미 닭이 낳은 꾸러미 무늬
같은데, 다른 알을 쌓아간다

포성처럼 꽃이 떨어지면
목화송이나 구름송이가 될까
닮은 마음결을 벗어날 수 없어

알전등과 불빛 사이
굴절된 그림자가
캄캄한 허공을 절반으로 나눈다

\>
그러니까 당신은
이제 가벼워져도 좋아

의자의 말씀

기다리고 기다렸어요
가리지 않았습니다
허방은 앉힌 적이 없습니다

걸려 넘어질 때
심장이 쿵쾅거리면
저를 낮춰드릴게요
얇은 귀가 술렁이면
네 개의 맨발로 막아보겠습니다

제 발로 가본 적도 없습니다
밀면 구르는 저를
새털구름이라 불러도 좋습니다
벼랑으로 밀리면
바퀴 달린 낙하산을 펴 드릴게요
예견할 수 없는 동거는
가시와 방석 차이입니다

닦을수록 내력이 깊어지는 저를
등지기라 불러주시겠어요
저녁이면
웃음소리를 태워주는 그네가 되겠습니다

\>
부디,
꽃자리가 되게 해주십시오

제가 바라는 건 나이테를 잊는 일
나무였다면 낮은 숲을 달래고
바람이었다면
유목의 소리를 귀담아 듣겠습니다

행복저울

닳은 눈금의 뒤축을 읽어본다
바닥이 된 무량의 기울기를

짙은 립스틱은 닦아내야 해
밑줄 그은 슬픔에 입꼬리를 달아두지

헛바람을 잠재우는 건 어떨까
높이고 싶은 콧등 어림셈 따위는
부메랑처럼 던져 버려야 해
한쪽으로 쏠린 허물은
저물도록 벗겨내는 거지

눈물과 눈금 사이는
무게추로 조율되지 않는 우기
비스듬한 수평으로 멈추어 버린
걸어도 걸어도 기운 저울대 바깥

갈증의 늪으로부터, 헤어나지 못한 통증으로부터

늑골이 걸린 쪽으로 추를 밀어본다
당겨보는 마음가에 마음을 달아보는 거야
민낯을 저울질해 보는 거지

\>

행幸의 방향으로 기울어진 추가

불행을 밀어내는 거야

평형을 바로잡는 거지

페어웰

목련화를 주저 앉혀 전설이 된 시인들이
천형을 굽고 있다

가파른 호흡으로 꽃잎을 깨부수면
자목련 내장이 화르르 분화焚火한다

가마가 빚은 자줏빛 불송이는 번져가고
자목련 아래 누워 나는
봄밤의 불씨를 받는다

이별의 심지를 찾아 헤매는 목련 숲
짓무른 꽃잎 파편을 읽어본다
꽃을 집으려다
꽃대를 헛디딘 내 구두처럼
사월 봄눈은 철없이 내리고

페어웰* 페어웰!

꽃등은
가지마다 타오르지 못한 봉오리의 꽃말들
불이 나무의 근심을 오래 들여다본다

* 안녕히 가세요

빨간 볼이 터질 것 같아요
— 딸기 씨 전설

몸 밖에서 기다려 온 딸기씨
뻗으면 닿을 듯
꽃받침은 딸기씨 배꼽 자리예요
바깥은 안이 되길 꿈꾸는 거죠

섣부른 꽃바람이 감옥인 줄 모르고
집 나간 춘심이를 봐요
밤을 흩뿌리는 딸기밭에 이울어져
시내인지 여울인지
터져 나오는 눈물이 딸꾹질처럼 멈출까요

처음의 자리로 돌아온다던 약속은
보이지 않는 길 하나를 지우고
열리는 길 하나를 피우겠죠
씨를 갖는 꿈, 버리지 못한 채

밖에서 서성이는 춘심이처럼
딸기씨 조바심이 농익어 가요
꺼뭇한 고민이 빨간 볼을 식힐 때까지

마그리트 풍으로 마스크 쓰기

촉이 왔나요
눈과 코 그리고 부리를 가려요
숨겨야 해요
형체 없는 목이 떠다닐 거예요
침입자가 올 거라고

고요가 고요를 밀어내요
외면하는 등 아래
다시 손을 씻고
설익은 혼밥을 경배해요

도도한 신이 되려고
어두운 허공으로 떠다니는
식탐이라면

입구를 만들기로 해요
머리끝에서 발끝까지
한참 외로워져 빙빙 돌아온 만큼

고립된 새벽빛을 벗어보기로 해요

목선

낮밤을 울었다
말복 초입에서 가장자리로 번져가는 부스럼
어린 나를 태우고 양밥이 떠간다

입말들이 건져 올린 경전
말씀을 찾아 헤맨 젖먹이 숨결에
태운 뱃살을 뿌려주었다
도려낸 앞섶 사이로 들숨이 돋아나고

소리 내 울어 본 적 없는 나룻배가
갓난 배꼽의 새살을 틔워간다
간절한 가호로
다시 태어난 웃음
배를 뒤집어도 아프지 않다

옹이를 나누어 가진 무늬목은
묘법을 사경寫經한 연화경
강어귀에서 송어가 법문을 타종하고 있다

사람을 한다

목백일홍을 옮겨 심었다
사람 하느라 앓은 몇날 며칠
흐려진 꽃물로 버티고 있다
옹이 박힌 허리로
떠나보냈을 봄, 여름
다시 여름을 고쳐 앉아도
뽑혀온 늘그막은 자꾸 이울어진다

땅심으로 견디는 잔뿌리는
노구가 디뎌온 안짱다리
병상을 디딘 종아리에 심줄이 불거진다

사람을 한다는 건
들숨을 순하게 내뱉는 일
몰아쉬는 나무의 숨이
한 줄 나이테를 늘일 수 있을까

배롱가지에게 휘파람새가 일러주고 있다
자죽자죽 모둠발 앞세우면
짓무른 수피에 흥얼흥얼 새살 돋을 거라고

끄다

'끄다'는
거두는 마음에 물꼬를 트는 일
불암산에서 치솟는 불기둥
끌 수 없는 화염이 심장을 태워간다

유튜브 끄고, 말초신경을 끄고, 폰 끄고, 안전문자를 끄고
사각 틀에 갇혀
소리를 끄다, 벽을 끄다, 채널을 끄다
물음을 끄고 눈맞춤을 비껴가는
너의 99도
시시각각 켜지는 마음을 끈다

결코, 끊지 않을 뒷모습에
뒷모습을 겹치면
순간이 순간을 꺼트리는 사이
멍에를 끄고, 새끼손가락을 끄고, 안부를 끄고
끝없이 부활하는 스팸을 몇 번씩 끄고, 끄고
네게 치우친 어깨의 기울기를 끈다

골똘한 불씨에 능선이 먹히고
화염을 끄지 못한 손끝은 화룡점정
부추기는 바람에 소리는 뜨거워지고

소나무 그늘 한 채

잘근잘근 되새김질하는 소 곁을
내내 맴돌던 아버지 울안

커튼이 낡은 바람을 펄럭이고
구유 사이로 고양이 눈치는 늘어나고
자벌레 따라 실금 기어가던 벽

굽은 뼈대와 분진들이 유품처럼 수습되었다

그림자만 들락거리는 대지를 갈아엎고
눈물 모서리 더듬어
두어 뼘 황토를 올렸지

송아지가 물던 불어터진 젖꼭지를
수국에게 물리고 싶던 마당

이랑마다 숨소리 움트는 잎맥은
서린 웃음을 뻗어가지

마음 높이가 비슷한 사람들이
안부를 나눌 때
꽃의 표정으로 마주하는 향기를 건네준다

\>
절기 따라 겨레붙이 하는 결들
결과 결을 즐기는 버릇이 생겼지

불두화가 눈을 감을 때
희디 흰
소 눈이 그렁그렁

이제
꼬리로 쫓는 쇠파리 여름과
툭툭 터지는 도라지 망울 뒷편
잦은 기침 소리를 잊어야 할 때

새로워진다는 것은
생의 허공을 파랗게 채우는 것일까

아버지로 서 있는 소나무가
삭은 그늘 한 채 지우고
슬하의 지붕 위로 이엉을 덮고 있다

방생

방생 가는 사찰 버스가
미꾸라지 통을 들이받았다

거품 게우는 시장바닥
쏟아진 어족들이 발광하는 떼춤

하수구로 뛰어드는 순간들
한갓 죽음을 건너
마주한 죽음으로 빠져나가는 아수라

소동 모르는 뒤차들이
염주처럼 도로에 꿰어있고
지느러미를 한껏 벌린 경적 사이로
살려달라는 악다구니들이 치오르고 있다

명줄을 움켜쥔 비닐 속에서
밀린 시간만큼 거북이는 깊이 고개를 파묻고
삶과 죽음의 난장을 살피는 총무보살이
거북목을 툭툭 당겨본다

움츠린 숨구멍들이
시작과 마지막을 열었다 닫는다

\>

흩어지는 순간은 누구도 모를 일
물을 머금는 자만이 살아갈 수 있다

떠나온 곳으로 돌아가는 길에서
헛돌고 있던 바퀴 한 쪽이
고무통 들이받은 입구를 찾는다

더듬더듬 유리창이 들숨을 쉬고

건포도

입을 먹여 살리는 사람은
포돗빛 짙은 젖꼭지를 가지게 된다

돌아올 수 없는 눈망울이
그렁그렁 맺혀 있는 천장
모래시계 아랫배가 흘러내리는 동안
푸른 입들을 키운 젖무덤이 얼룩진다

생인손 같은 여덟 개의 동심원이
욱씬욱씬
주름 깊은 물무늬로 번져간다

다리 뻗는 자리가 머리맡이 되는 저녁
암매미 침묵 같은 가슴골 사이로
앙상한 물소리가 스며든다

온몸 늘어진 습식 사우나
느린 숨을 세는 미수米壽의 여자가
물실크로 박음질한 홑이불을 덮고 있다

쪼글쪼글한 생을 한주먹 그러쥔 채

44번 국도

막숨 고르는 고라니가
낮달의 눈꺼풀을 뒤집는 순간,
바퀴에 감긴 식탐을
파내는 새까만 날개들

뒤집힌 숨줄 당길 때마다
떨어질 듯 떨어지지 않는 벼랑에서
왔던 길을 돌아가려 발버둥 치고 있다

발치에서 끌어올린 먹잇감 놓쳐버리고
그악하게 치고 오르는 까마귀 떼

내리막 이기지 못해
목 잘린 김대리가 움켜쥔 하루처럼

흔들리는 가지 끝에서
말문 열어젖히는 부리들
더 센 목소리를 끌어 모아
허공을 곧추 세운다

앙다문 깃털
널브러진 바닥을 향해
뭇까마귀가 일제히 달려든다

배꼽시계

먹은 밥을 또 먹는다

하얗게 쏟아지는 이팝꽃이다

누구의 배를 채우든
먹으면,
터질 것 같은 꽃이다

꽃은 어떻게 이 많은 밥을 다 피워냈을까?

허기가 초침 위로 엎어진다
저만치 부서지는 몸꽃이다
가까워질수록 누군지 알 것 같은 얼굴

이팝이 들판을 피우고 있다

먹은 밥을 또 먹는다
푸던 밥을 또 푸며
밥이 걸어오는 소리를 듣고 있다

어디선가 부르면 달려간다

>
부르지 않아도
배를 숨긴 이팝이 달려온다

2부

꽃의 속도

얼음장 갈피 따라
꽃술은 차례로 디뎌갈 것이다

아껴둔 말을 쏟아내듯
주춤거리는 곁가지도
빛에 물들 것이다

에두르다 햇빛 기우는 쪽
이슬 흔들리는 표정으로
나비를 기다릴 것이다
어둠이 열릴 때까지

꽃자루에 매달린 벌레도 앉히고
숨결 바라보며
첫사랑은 향기로 닿을 것이다

열지 않으면 꽃이 아니라고
길 멀어도 물어물어
그리움 한 잎 한 잎 디뎌갈 것이다

달빛 깊은 속내 읽어낼 때까지
꽃은 서두르지 않을 것이다

갱스터가 나가신다

길을 비켜라

들썩이는 호령 앞에
두더지와 땅강아지가 납작 엎드린다
산천을 뿌리째 먹어 치우는 서리 포식자

뻐드렁니를 앞세워
골짝골짝 밤의 세계를 누비고 다닌다
발톱으로 찍어 누르는 사슬과 사슬
전동드릴로 고리를 깨부순다

거친 몸짓에 주저앉는 숨소리들
엎어진 초목들의 비명 따윈 들리지 않아
어김없이 지하의 혈통을 뭉개버리는 폭군
흙의 대장군을 정벌하러 달려간다

무법자의 소란으로 차려질
12첩 반상
물리지 않는 식탐의 식탁

감과 감

눈금을 긋는다
매달린 살붙이를 자를까 둘까
차별과 차이를 저울질 한다

젖줄 노리는 노린재 톱다리에
동이감* 일가는 명줄을 저당잡힌다

떠난 자리에 자리 잡은 자리들
빗방울이 슬어놓은
여름 숨소리에
그림자와 그림자가 넓어지고

잡을까 말까,
선연해지는 감感을 앞세우고
대봉의 심지를 굳힌다

둔덕에 들어서는 여름이
넌출넌출 떫은 동이를 이고 간다

* 대봉감의 다른 이름

이를테면 대게는

아직
속마음 전할 사람 만나지 못했다

큰 게가 아니라 대죽에서 따왔다는 대게
제철에 먹어야 보약이라는

팔폭 마디를 이어 붙인 바다 조망이
꽉 찬 정오를 잘라낸다

걸음마로 쫓아다니다
한 마디 대거리 없이 익혀진 나는
감쪽같이 붉어진 이쯤에서
외마디 기원을 발라내야 할 때

걸어 본 적 없는 앞걸음과
마디를 엮는 물음에
대답 없는 물음을 잇대어 놓은

이를테면 나는
빈 속살을 바르는 당신 앞에
고쳐지지 않는 길을 들추고
길게 흘러내리는 수직을 퍼 담는다

밥벌이로부터

참깨 씨알이 몸꿈을 꾸고 있다
흙의 품을 낚아채 오르는 산비둘기
공중에 띄운 새끼꼴을 빙빙
독수리가 감아돈다

들길이 검은 이랑을 따라간다

휘이 휘이
문설주 밖으로 내쫓기는 텃새들
초록 악다구니가 뒤엉긴다

까마귀, 까치, 참새가
낯익은 말로 지저대는 집회 마당
검은 시치미 사이로 촉을 깨우는 잎싹이
흙을 밀어 올리는 가장 착한 밥벌이를 본다

기둥에 매달린 새끼꼴 두 마리
접을 줄 모르는 허기가
앞서간 부리짓을 추월한다

제 무게를 가늠하지 못한 독수리로부터
쪼아도 열리지 않는 호시절로부터
곳간을 채운 빛 한 섬이 여물고 있다

눈사람들

생각나요?

무채색에 봄불 지른 사냥꾼
꽃술은 어디 갔나

설화를 놓쳐버린 꽃자리에
가지런히 앉은 노인들이
눈발 덮어쓴 완행을 기다린다

흰 정수리에 쌓인 보호색들이
화톳불에 싸리 울타리 같은 등을 맞댄다

출구로 던지는 농담 사이에
입구가 녹아내리는 터미널
폭설에 갇힌 전광판이
잡히지 않는 눈보라를 좇고 있다

뺨을 가로지르는 백발의 물무늬들

성긴 눈썹 사이로
굴러온 눈 비탈이 구겨진다
설화雪花는 꽃의 속도로 쌓이고

패잔병

달팽이관 속으로
코 고는 소리가 진격한다
막걸리 몇 사발에 포로가 된 노병
총격전이 치열하다

연발탄에 놀란 커튼이
침대 뒤로 몸을 숨긴다

잠시 멈춘 고요가
다시 노리쇠 멈치를 누르는 특전사 기동대

비밀병기에 흔들린 공중이
치를 떠는 새벽
간만에 들른 첫째와 막내도
연발 소총을 쏘아 올린다

노병도
신병들도
내력을 다시 써 내려가는 연합작전

포 소리에 곤죽이 된 나는
철모를 눌러쓴 참호 속에서
실소를 머금고 돌아눕는다

진담

진돗개 악다구니에 걸려든 허벅지
믿은 도끼는 발등 위로 나동그라지고
번개가 천둥의 정수리를 가격한다

이빨 박힌 외마디가
허공을 붙잡고
버둥대는 비명 밖의 비명까지 사방으로 패대기쳐진
가벼운 진담 사이로
맹독성 타투는 피자두 살빛으로 번진다

우리 애는 안 물어요
물고 흔드는 고집을
단연코 떼어내지 못하는 돌부리가
시치미를 떼는 동안
줄임말을 놓친 개엄마는
이유 없이 짖는 목청에 지퍼를 채우지 못한다

지켜보던 낮달이
피 맛을 본 입꼬리에 걸려 거꾸러지고
동백은
현기증을 일으킨 제 모가지를 툭, 꺾는다

촛불맨드라미

공손하게 심지를 돋워요 진심은 머리에서 발끝까지 환한
문양이에요 여름 내내 꽃잎은 좁쌀촛불을 밝혀요 어느 방
향으로 신당이 있나요 바리떼로 오롯이 살아요 떠나는 이
웃들을 봐요 물먹은 채송화, 눈빛 떨군 해바라기는 지쳐버
려요 수세미는 하늘 길을 밝혀 줘요 사슬뜨기로 감아 오르
다 제풀에 풀어지길 기다린 적도 있지요 지는 꽃잎이 눈부
셔하는 건, 기울어져도 지지 않는 붉은 심장 때문이에요 벌
들은 기도문을 낭송해요 지나는 사람이 까만 씨앗에 담아
가요 두 손 모아 파종하는 얼굴은 꽃등으로 내걸어요 먹구
름이 몰려와도 분분하지 않아요 머리부터 여미고 더 깊은
곳을 갈무리해요 하나치로 밝혀주기도 해요 간지럽히는 나
팔꽃이 끝물로 오를 때까지, 된서리가 발 내릴 때까지

붉은 마법

담요를 밟는다
빨래 위로 북덕북덕 부푼 다섯 살
붉은 통이 태어난다

고무다라이를 따라다니던 동구
다라이 장수를 내 엄마라고 풀무질하던
옆집 삼촌은
번쩍 나를 들어 통 위에 목마를 태웠다

모를 심는 동안
엄마는 다라이 안에 나를 심어 두었다
그늘 이불 안에서
꿀잠을 싹 틔우던 아이는
조막손으로 잎맥을 뻗어 갔다

엄마가 고무통에 몸을 담그고 있다
무릎뼈 흐르는 소리를
물결에 풀어 놓았다

한 올 한 올 헹구는 요단강물
뼈의 울음이 마디마디 붉다

꽃무릇, 붉다

무릇무릇
아우성이 건너온 계절
틀어막은 입에서 터져 나오려는 불길

남아 있는 호흡은 얼마나 더 남은 건지
깊어지는 표정은
얼마큼 더 깊어져야 하는지
질문을 풀어헤친 꽃들이
솟아오르고 있다

땅속의 칠 년을 다독인 매미 울음처럼
돋움발로 밀어올린다

부드러운 바깥이 되고 싶었어, 처음엔
가쁜 숨을 몰아
덩달아 붉어진 심장

여름을 채우는 불꽃 자리
장대비는 순들과
앞다퉈 절기를 건너고 있다

노투르노*

무대 어디쯤 강을 숨겨두고
돌아앉은 바위를 돌려세우는
너울 그리고 빛

리허설 없이 불 지른 한때
관에서 쏟아져 나온 궤나는**
불쑥 튀어나온 정강이뼈 악장
당신이 즐기던 음자리로 번져간다

물소리가 쓸어가는 음들이
불기둥으로 휘감기는 몰아沒我

강을 그려내는 오선지 위로
신생의 음표들이
도미솔 도파라 시레솔 화성을 얹는다

못 갖춘 마디로 번져가는
사랑의 노투르노
뼈피리가
노래의 불씨를 풀무질한다

* 18세기에 유행한 야외의 밤 공연을 위한 세레나데 악곡
** (뼈피리) 잉카인들은 사랑하는 사람의 정강이뼈로 피리를 만들어
   떠난 이가 그리울 때 불었다

달리는 편주

밀물보다 먼저 달려온 편주
조가비들이 샛별을 흔들어준다
청각이며 톳을 실은 탑차가 이물을 돌 때마다
고물로 쓸려오는
소라의 운동화
방지 턱에 덜컹이는 소라의 파래숨은
닻을 내릴 수 없다
키를 재는
물구비에 키조개가 일어난다
한 두름 안개비가 수심을 털어내는 선착장
고양이가
피득피득한 가오리를 물고 달아난다.

조수석에 잠든 아이가
담요에 싸인 잠그늘 속에서 출렁인다
크레파스 병정이
소라의 볼우물을 무슨 색으로 칠하고 있을까

어린이집이 가까워지면
소라를 깨우는 바닷말 목소리
들썩이는 포구의 아침이
달리는 편주 속도를 늦추고 있다

오지 않는 바람

닭장이 숨죽이고 있다

쉬지 않고 땅을 쪼던 호미 자세
꼬꾸라진 부리가 사투를 벌인 혈흔
낭자하다

모이 쪼개어 어미 닭은
병아리 배를 채우고
어제와 한통속일 때도
내 몰린 새끼 대신 제 목덜미를 내 주었다

공허로 배 채우는 아이가 있다
본적 없는 엄마를 부르다가
눈물까지 말라버린

고딩 엄마가 낙태 시킨 어둠과
새엄마에 달린 혹을 떼어내는 날

모른 체
아는 체로
그리하여 사라진
다시 오지 않는 바람이 되어

낙화

내내 어미가 운다

젖먹이 송아지 팔려간 뒤
퉁퉁, 분 젖이 짚이불 사이로 스며든다

갓 떨어진 아기꽃
떫디떫다
떼 낸다는 건 그리움을 씻어내는 일

배꼽 뗀 감 대신
씨암탉이 홰를 친다
감꽃감꽃 꿰어가는 꽃목걸이

눈물은 한 점 한 점 돋아나는 통점
젖 뗀 꽃잎 지면
둔덕처럼 분 어미젖이 건포도처럼 말라간다

굽이굽이 되새김질한 첫새벽
어미는 떨어진 눈물꽃을
한 알 한 알 세고 있다

3부

메김소리

여운이란
반투명 막이 오랜 소리를 메기는 것

물끝에서 우듬지까지
당산나무는 소리를 감는다
그녀는 곡성을 다듬는 소리꾼
북망을 경배하는 진양조가
한 발짝씩 섬을 옮긴다
채색된 목청을
꽃대궐에 얹는 북소리

'모진 강풍 막아주소'
회심곡이 요령을 앞세운다
향두계를 털어 노잣돈 쥐어 주는
솔숲 가래소리

연도椽島댁은 곡성을 다듬는 소리꾼
소리틀을 물려받은 소리닻이 되었다
한 소절 두 소절 완창을 건너가는 만가
후렴은 너울을 앞세우고

모리, 모리 목다보를 그러안은 첫소리가
중중모리, 자진모리 돛을 밀고 간다

봉투 1

입구가 출구입니다

동의 없이는 결코 입을 열지 않습니다
양팔을 잡고 훅! 허공을 불어 넣으면
눈꺼풀이 파르르 떨립니다
낮달로 피고
꽃으로도 지는 고백입니다
구겨지는 빗소리에
수취인불명으로 돌아오면 한 겹
자물쇠로 봉쇄됩니다
아귀를 접은 햇살이 슬쩍
창을 열어줍니다
눈물이 많던 이가 열지 않는
막막한 여름입니다
건초더미에 풀벌레가 울어댑니다
새롭게 태어난 나를 당신께!
로마서 12장 1절이 흘림체로 봉인됩니다
둘러댈 수 없는 난간에서
겹겹 귀를 걸어 두겠습니다
검은 리본이 적란운을 머리에 꽂습니다

비상구가 입구입니다

봉투 2

닫은 척 열어둡니다
묵인은 관습적 예의입니다
누구나 받는 인사가 아닙니다
액면가는 내 얼굴 만큼입니다
명분을 얻은 주주처럼 꼿꼿합니다
마음은 소리소문 없이 안면을 지워버립니다
승부를 건 숫자는 이길 궁리를 합니다
불안은 헐거운 바람을 흘리고 갑니다
누적된 의문과 뻔한 답은 반칙입니다
출구를 앙물어봅니다
입김은 역풍에서 시작됩니다
등위로 내민 그림자가 구겨집니다
거절하는 눈빛에
앞에 내민 그림자는 구겨집니다
시치미는 필라멘트 끊어진
맞바람에 갇혀 있습니다

곧, 안과 밖이 바뀔 겁입니다
황색 불빛이 깜빡입니다

누구를 먹이려 단비는 붉은 길을 달리나

단잠 걷어낸 할머니
끼니마저 거르고
빗소리에 논두렁을 끌고 온다
무논에서 첨벙대는 첫새벽

봇도랑으로 몰려드는 붉덩물을 연신 퍼 올린다

넋 잃고 찾아다닌 물의 씨
단비는 비손에서 싹이 튼 걸까
할머니가 외우는 몇 겹 주술은
목 축이는 논바닥을 단숨에 살려낸다

할머니는 모가락에 불을 지핀다
식은 허기를 안치면
푸릇 푸르릇
들판을 부풀리며 모가 사람을 한다

큰물은 허리를 펴고
강둑을 휘돌아간다

나를 삽니다

사가세요
제발
서리꽃 목맨 창에
수척해진 흑빛 표정
문이 닫힌 순번은 빗장을 걸고

사주세요
뎅기열에 잠긴 딸의 웃음이
현기증 나요
맹그로브숲이 퍼 나르던 스콜에
들숨과 날숨이 쏟아진다

인력시장 간판 아래
'후이' 곱슬머리가 엉켜 있다

가쁜 숨길에 미쳐야 사는 오늘을
사가세요, 제발

불러주지 않는 이름을
화톳불에 던져놓고 있다

'봄이'의 태풍

눈이 맞았다
'새봄'이가 희붐한 담을 넘어

"봄아! 새봄아!"
"절대 저놈을 족보에 올릴 수 없어"

발목을 잡고 늘어지던 묵정밭 찔레가
초경의 질주를 놓친다
마파람 부채질하는 풀숲 모퉁이
웃자란 낮달이 달아오른다

뒹구는 봄이를 낚아채
먼 길 돌아오는 태풍 전야
으슥한 고요를 질질 끌고 와
온 마당에 풍기는 몸내 씻겨도
옥수숫대는 종일 흔들리고

교복 안에서 배가 불러오는 누나
머리채 잡아 족쇄를 채우고
대문을 쾅쾅 틀어막는 아버지
촘촘한 돌담이 숨을 몰아 쉰다

\>
봄이 목을 걸어 잠그는 경계경보
목줄 없는 마중 바람이 컹컹 몰려오는 소리
흔들리는 마당이 태풍을 가두고 있다

혹평의 반전

위층에 사는 골든두들
한 번도 눈인사 못 맞춘,
큰 덩치 안은 개 아빠가 걱정의 배후
허벅지에 타투 새겨준 송곳니 때문이 아니다
길에서 만나면
소름 이는 거리일 뿐
사랑하는 것들을 들여야 할까
여행 간 친구가 부탁한,
한 끼 개밥도
간신히 내밀고 뛰쳐나온 한쪽 손

'도그데이즈'를 보다
반려견 명 연기에 흘린 눈물이 요긴해
눈치로 읽어내는 곡선의 언어로
나를 벗어나는 숨들
별을 껴안는 개넝쿨 되어
뜨겁게 뻗쳐지는 난간
한쪽 발을 떼 보고
웅크린 조리개를 열어 볼래

설악초

까마귀들은 고독사한 꽃밥을 사나흘 퍼 날랐다
물그늘에 체한 채송화 제 풀에 지치고
누가 보냈을까
대문은 흰 어둠을 걸어 잠그고 있다

오후를 버티지 못 한 소용돌이
하나둘 떠났을 때
마을 사람들이 적막으로 쓸려간다

시든 사방이 물길에서 걸어 나오고
조등으로 걸린 거미가 처마를 풀고 있다

불태운 고무신이 설악초로 피어난다

미꾸라지 밟던 왼짝이
만삭의 물길을 되짚는 동안
여름은 잘려 나가는 푸른 목울음이다

참깨의 흘림체

광목보에 쏟아 놓은 낱알들, 우수리 세운 목소리에 낡였다. 오일장 구석, 고소한 기억을 불러 세운다. 장바구니 채우느라 무턱대고 온 그 자리, 참깨가 또 마지막 떨이를 앞세우고 앉았다. 마음 비운다는 건 땡볕에 앉아 헛가지를 자르는 일. 궁색하게 무쳐낸 나물 맛 같은, 먼 길 돌아왔어도 빈 쌀독을 궁리하는 허공. 떠리미 날리는 하루가 하루와 팔짱 끼는 난장, 속이고 속는 바닥이 말랑말랑하다. 어림잡은 날을 비켜, 잠깐 쉬어가는 흘림체의 거짓이 할머니 너머에 있다. 물 건너와 주인 행세하는 깨알이 죄가 되느냐. 묻고 물어도 눈 가리고 소맷귀 잡던 알곡을 만지작거린다. 작은 것, 적은 것, 낮은 것, 느린 것, 모자라는 것들. 제 몫을 다 하느라 가느다란 줄기로 덮고 가는, 무르고 여린 허물은 나만 못 읽은 글자체일까.

바람이 자네

때로 문득과 사귀네

고인 밤을 더듬던 이슬이
말갛게 눈 뜬 뜨락

눈물 든 어금니가 시리네
빗소리 두들겨 맞은 귀마저 휘어지고

뛰쳐나간 저물녘
낱알 다잡은
옥수수의 잇바디를 떠 올리네

두둑한 곁뺨에 불빛 아려오네

잇몸 흔들려 닿은 그곳
맨발로 깨진 유리 밟듯 외마디로 향하네

발정 난 고양이가 아기 울음을 찢어도
여명은 바람을 재우네
통점 잦아든 날숨
가라앉은 고요에 기대보네

때때로 문득과 사귀어야 하네

전류가 흐르는 젓가락이

엉켰어

입맛을 핑계로 부딪치던 우리는
틈만 나면 밥상을 차렸지

다리에 다리가 척 감길 때
경쾌하게 감전된 두 가락 중심에
아이가 생겼지

두 바퀴로 달리던 다리들이
페달을 놓치곤 했지

다시,
식탁보를 들추던 어느 저녁
당신이 즐겨 먹던 보쌈을 한 입 가득 넣어주었지

젓가락에 전류가 흘렀을까

잊었던 스파크가 튀고
꺼졌던 불꽃이 꽃불로 피어났지
다리와 다리가 불길로 엉켰어

차단기는 더 이상 내려가지 않았지

혼선

태양 한 다발 화병에 꽂혀 있다
지평선 너머 부메랑이 돌아오고

사막도마뱀이 짐을 푸는 무인 카페
건반을 누르는 액자 속 파이프가
포로처럼 담배 연기를 구걸하고 있다

원주민 처녀의 흑발이
모래언덕을 쓸어 넘기는 아라비카
흩어지는 것들은
사막의 주인이 아니다

회전초가 포복하는 사막은
막다른 저물녘
별이 남기고 떠난 빛을 쓸어 담는다

조율되지 않은 피아노가
버려진 불협화음을 끌고 온다

화병에 꽂힌 태양처럼 당신과
함께 타오를 수 있다면

순대

그러니까
입김을 놓아버리면 당장 부풀 수 있겠니
마지막을 봉하고
단단히 날 수 있겠느냐 그 말이지

빠져나가지 못하게
막대풍선 같은 허기에
촘촘 사각지대를 메꾸어 가면
구겨지는 구석마다 빈 결이 있어
채울수록 어두워지는 저의가 있다

산다는 건 내장을 꾹꾹 다지는 일이거나
혹은
토막숨 이어
놓칠 수 없는 마음을 다잡는 일

잃어버린 허공처럼
서서히 무너지는 너의 입장에선

녹턴 시리즈*

한지에 귀를 연다
자연의 소리를 덧 바른
톱밥 추상화

별똥별 다듬는 개구리 웃음
달빛 무늬에 젖은 초저녁
은하를 캐낸 견우와 직녀
야상곡은 한지에 귀를 열어젖힌다

돌담 사이로 소쩍소쩍
되돌이표로 돌아나오는 모서리마다
목련화는 끝없이 피고 지고
자색 허공으로 흩어지는 진달래 선율
먼 데서 들려오는 현악이
얇은 화폭으로 번지고

깊은 밤 고요 속에 잠든 서사
곧 콜라주 시리즈가 시작될 것이다

* 박장길 화백의 추상화 연작 전시 제목

대구大口의 입장에서

파도의 촉으로 왔다

알래스카 그물코에서 한 바퀴
주소 없는 이름값이 시작되었다

알에서 깨어난 얼마간 입이 커지고
복화술로 열어젖힌 뱃속에서
단맛을 키웠다
해저 지도를 그리는 꿈

대구 입장에선 끝이 시작이지

새벽을 켜는 만선,
환하다

그들은 어쩌자고
내 안의 조등마저 꺼내 가는지
누대에 물려 받은 웃음 뒤에
울음 고인
파랑이 일었다

큰 입을 열어

뼈마디 하나 남기지 않는
슬픔까지 온전히 삼키는 것이다

4부

리마스터링

다시,
'중경삼림'을 본다

예보를 훌쩍 넘긴 장마의 변주에
발목이 젖어든다
'California Dreaming' 속으로
찾아가는 청춘들의 항로

떠날 때를 알고 가는 뒷모습*을 지우며
예정된 결별을 돌아본다
회항하는 그림자는
어느 약속을 비행하고 있을까

옥상에 널어둔 동쪽 한 귀퉁이에
날개가 찢어진 날
나침반 위에 눈빛을 올려놓으면
닫고 있던 귓바퀴에서
네가 좋아했던 가사가 흘러나오고

빗방울이 쓸려가는 난간
파란 슬리퍼 한 짝이 버티고 있다
다정하게 들려오는 우리의 강우기

>
다시,
사랑할 수 있을까

* 이형기 「낙화」에서 변용

극한 증후군

누가 닦은 길일까

그림자로 오듯
붉은 숫자 따라 설이 온다

"이번에는 집에 갈게요"

목소리 싣고 오는 아침이 떨리고 있다

겨레로 살아야지, 짙은
핑계의 농도가 너를 당긴다

삼켜버린
마음 여러 벌
그늘을 준 나무에 숙이던 속내처럼

떨어져 있을 때 겹치던 물음이
만나면 말갛게 가라앉는

떠난 뒤에 딸려 나온
당부의 실타래는 몇 가닥이었나

\>

닮은 기침 소리, 말소리,
미리 들여다보는 조바심을 다홍빛이라 부르면 안 되나

슬몃 쏟아지는 단전丹田
울렁이는 너의 심장을 만져본다
가만, 출발을 기다리고 있을

뛰다

귀를 막아도 뜨겁게 쏟아지겠어
눈덩이가 솟구쳐

땅값이 뻥 뛰었다는 풍문에
한 끗 터지는 꿈은 가상으로 담겨 있어
물고 온 박 씨를 삼켜 버릴지도 몰라
박이 뻥 뛰면 제비는 폭탄이 될 테니

뻥 튀는 입질이 솔깃해
화로 하나 설치하겠어
단단한 생각을 튀겨보겠어

뻥튀기 안고 오는 길
튀밥은 자루와 튀밥튀밥 수군거렸어

툭툭 터지는 소문을 뒤집는 거야
허파에 갇혔던 공기를 한 방에 빼보겠어

월산리

긴 해가 무논을 써레질한다

확성기로 쉴 참 알리는
개구리 울음이 허기진 식탁을 뒤흔든다

양푼 가득한 국수를 건져 먹는 일손들
마실 이야기, 시절 이야기
모내기까지 거두어 해넘이로 보내는데

땅거미는
넘어간 해보다 더 환한 달을
무논에다 심어놓았다

머문 달이 산 같은 '월산'

달빛을 사진에 담던 사람들이
"오늘 밤에 논을 팔면 일억은 더 받겠어!
덤으로 달을 얹었으니"
솔깃한 흥정에 보름달이 바싹 당겨 앉는다

음력 열나흘은
어쩌자고 이리도 여물어가는지

>
산을 넘던 둥근 이름이
남은 원주 한 자락을 공글리고 있다

취향

너는 유기농 마켓에서 투명 봉지에 바코드를 받고
나는 트럭에서 검은 봉지를 받는다.

나는 귀가 맞지 않는 크기로 손두부를 썰고
너는 매끈한 식욕을 안친다.
너는 '낸 골딘' 다큐 속으로 빨려들고
나는 선지를 굳힌다.

내가 누르는 리모컨 앞에선 트로트 경연이 녹아내리고
너는 새끼 누를 잡는 동물의 왕국을 능멸한다.

채널 습성은 비껴가고 채식은 잡식을 건너뛴다
농주 한 사발에 "테스형"이 술술 넘어간다.
뜨거운 선짓국이 혀끝을 파고들고
고장 난 일기 예보는 날씨를 거꾸로 밀고 간다.
정치판 드잡이가 구두를 던진다.
너는 관망하고
나는 이마가 터진다.
오래전 함께 본 로미오와 줄리엣이
서로의 죽음을 확인하지 못하는 동안

유기농 마켓을 기웃거린다.

취기를 흥얼거리며 나는
유통기한이 필요 없는 유랑 편의점으로 간다.

느티 연리지

새소리로 오는 꽃이 있다
물기 일어선 그늘은
쉬어가는 자리를 깔아주고

넝쿨손 저리도록 상처 다독이며
자라는 목소리

발자국 환하게
열리는 순간이 오면 접힌 꽃잎도
인因을 달래는 연緣이 될 수 있겠다

순례를 끝낸 연리지
여기저기 반짝이는 향기이다가
폭포수 내리꽂히는 그리움이다가
귀를 막는 물소리이다가

옹이 바깥은
녹음이 키운 새소리로 귀띔한다

가장 깊은 나이테로
가장 멀리 돌아왔다고
꽃이 꽃을 끌고 가는 이름

"지웠습니다"

기억 대출 문자가 도착했다
건강 담보로
기다림은 상향조정 가능

소금을 빠뜨린 감자볶음이 싱거운 오후
백일몽도 간이 맞지 않아
하루에서 지워버린 하루의 염도는 0.0%

막힌 출구 앞에서
한도 없이 대출되는 메모장이 필요해
저장을 클릭해도 다시 비워지고
주저앉은 하루에서 또 하루 빼기

누르면 열리는 번호 속에서
현관 숫자가 기억을 지운다
지워진 순간을 개켜 두면
번쩍!
번개가 뒤엎을 수도

입력을 거부하는 대출통장
채우지 못한 신용
더 뺄 수 없는 하루 전의 하루

하나의 가치

화환이 북적인다
이름표 달고 기웃대는 입질이
손가락 하트를 날린다
취임하는 하나산악회 회장 마당발을 끼고
마주친 화환들 우르르 몰려간다

손끝에 전해오는 딱딱한 꽃의 말들
슬며시 놓는다 하나같이

시들지 않는 빛깔은 허울 좋은 냄새
상하지 않는 겨울처럼
비가 와도 젖지 않는 향기로

손을 씻는다
누군가 누군가에게 덧씌운 표정
서로 등을 맞댄다 하나같이

듬성듬성 뽑힌 마음밭에
자리 잡은 이름값
하나같이
꿋꿋하게
당당하게

혼잣말

거울 속에서 서성이고 있다
혓바닥의 금들이

나를 질책하는 가시들,
삼킬 수 없는 소란이 뒤엉킨

귀 막은 안개 속에서
어눌하게 흘려버린 생각들

내가 나를 죽이고도
한 번도 뒤집지 못한
붉디붉은 혓바늘
뒤척일 때마다 불거지는 얼룩을
알아차리고도
얼버무린 말줄임표

막무가내
눌린 입술자국을
거울이 곰곰 짚어보고 있다

쉬어가는 마음

발을 뺄 수가 없다

발목을 밟고 지나는 이슬
여기까지 왔다

바위를 뿌리치지 못한,
절벽에 발붙이는 부처손같이
함께 가지만 혼자 매달려야 하는 숨

풀끝에 발등을 묶었지만
쉬어가자던 바람 혼자 떠난다

주저하는 마음과 나서는 마음
사이에 낀 길목은
햇빛을 뒤로 숨긴 안개숲이다

여기보다 먼 길은
멀어서 더 청청한 청미래

온통 그에게로 향하는 무수한 내가
줄지어 붙들고 있다
디딘 발자국마다 왜 이렇게 젖어드는 것일까

옥수수와 잇몸들

남자가 왼 입술을 올린다
옥수수를 먹다가
불붙은 치맛자락 걷어 올리듯
오른 입술을 잡고 여자도 맞장구친다

블라인드 올리듯 서로를 걷어 올리고

갈아 끼울 깊이를 터버린
잇몸들의 관계
어쩌다 적나라하게
치아에 끼인 옥수수 껍질 따위 슬쩍
건너뛰는 사이로 허물어졌을까

젖니를 던진 지붕 위로
간니 내 주는 주술이 맞아떨어진다면,
까치는 옥수수 하모니카를 불 테고
웃음매무새를 간추린
오징어 다리가 다 잘려 나갈 텐데

불쑥불쑥 걷어 올리는 몸짓은
갈아야 할 이갈이의 흔들림 같은

\>

새어나가는 발성이 주춤거리는 동안

허물어진 벌레에 대하여

바람 빠진 허공이

얇은 잇몸을 더듬고 있다

민달팽이

상춧잎에 매달려 물끄러미
맨발로 뛰쳐나온 뉴스를 보고 있다

잔해에 깔린 아우성을 뒤집는다
없는 길을 짚어가는 지팡이로,
불 없이도 달궈지는 발바닥으로
스르르 헤쳐간다

들보도 문패도 없는 난간을
더듬더듬 세어가며
휘어진 침묵으로 집을 짓는다

밤 뉘일 집을 달라고
동백꽃 깃발을 든 시위대
고장난 시간을 생목으로 건너간다
속살보다 두꺼운 맨몸들이
자오선에 걸린 깃발을 풀무질하고 있다

첫서리

시들지 않는 꽃이 있다
눈치 빠른 너는
고향에서 피어나는
청도 이야기라고 말하겠지
꾹, 채운 점퍼가 열리길 기다리면서

소나기 내리는 날 첫서리

개 짖는 소리 따라
천둥은 울타리를 뛰어넘었다
사과밭 플래시는 번갯불에 죽고
소나기 쏟아내는 하늘은
불빛 사이로 탈출할 비상구를 열어준다

지퍼 채워 만든 옷자루에
하룻강아지 가슴이 봄을 꿰는 순간
콩닥콩닥 새파란 아오리는 쥐 내리고

풍문 따위에
서리는 마음 베이지 않는다
겹겹 걸어둔 옷이 흘러내리듯
가지에서 휘어진 무게

>
사과하고 싶지만
너무 멀리 날아가 버린 딱지처럼
잃어버린 우리를 찾는다

'사과꽃 향기'로 건네주는 추억이
매전 동창강에 마주 서 있다

달리는 레인보우
— '나의 아저씨'에서

'달리기'
이력서를 채운 달랑 한 줄

듣지 못하는 할머니와 들리지 않는 공포
그녀가 레퍼토리를 채워간다

죽을 것 같아서 죽이게 된
어디서든 외면당하는 허기
인정認定해 주지 않는 인정人情은
자꾸 약속을 비켜간다

놓친 종점을 향하여
소나기는 무지개다리를 건너고 있을까

삼만 살쯤 먹었다는 대답에
"그것도 나이냐"
핀잔주는 오후
종점이 시작이란 걸
다시 태어나면서 알았다

오만 살 먹구름이 거칠게 달리는 사이
한 점 구름 따위 찾을 수 없는

'나의 아저씨'

무지개를 따라 달리기
어때요?

손금

이름 없는 도면을 문지르기도 해요. 바닥을 찾고 싶을 때, 누가 수평선을 뛰어넘나요. 금요일부터 금요일까지 짚어온 길은 잊어요. 꽃길이 아니라고 몇 번이나 우겼잖아요. 닳을 때까지 지우개를 발명할 이유는 없었나요. 우리의 요일을 정하지 못하고 보내 버린 것처럼. 가끔 펼쳐보아요. 금, 금, 금요일 금 간 샛별로 가득한 행성 같아요. 투명한 선을 침범하진 않아요. 누구도 선을 바꿀 수는 없어요. 버텨온 감정선이 휘어져요. 일란성 쌍둥이 손금도 삼신할미가 그린 걸까요. 나를 건져 올려요. 뒤집으면 선명해지는 바닥에서, 그럼 무늬가 더 골똘해질 거예요.

사람을 하는 말씀 한 채
― 김재언 시집 『꽃의 속도』 읽기

배옥주 문학평론가

사람을 하는 말씀 한 채
― 김재언 시집 『꽃의 속도』 읽기

배옥주 문학평론가

1. 한 잎 한 잎 겪으며 가는 꽃의 속도

'詩가 아니면 아무 것도 아닌 여자'. 이 문장은 김재언이 자신의 프로필에 진술한 한 줄 정의다. 그녀는 시와 함께 걸어가는 시 같은 사람이라고 할 만큼 시에 진심이다. 김재언을 떠올리면 시와 동행하는 도반이 떠오른다. 나누고 베풀 줄 아는 더운 손을 가진 김재언은 생태친화적인 신서정시의 세계를 확장해간다. 시인이 창작하는 시세계에 시인의 성정이 녹아있듯, 그녀의 시에는 소외되거나 빈 부분을 메워가는 시인의 인품이 고스란히 담겨 있다.

필자의 어머니는 친구나 이웃에게서 나눔 해온 꽃나무를 살려내는 것을 즐기셨다. 애써 보살피던 모종이 뿌리를 내리고 살아나면 "사람 했네"라며 뿌듯해하시던 모습이 떠오른다. '사람 했다'는 뜻은 고비를 넘기고 자신의 자리를 찾아 살아갈 준비가 되었다는 말이다. 사전에도 나오지 않는 '사람 한다'는 말은 꺼져가던 들숨을 순하게 내뱉을 수 있게 되었다는 말이니 고단하고 핍박한 요즘 세상에 단비 같은 말이 아닌가. 세상의 힘없고 부족한 누군가가 보살핌으로 용기를 얻게 되는 것. 그러니까 '사람을 한다'는 건 나무가 몰아쉰 숨으로 나이테 한줄 쯤 늘일 수 있는 위대한 일이며 (「사람을 한다」), 아침마다 강력사건을 접하는 핍진한 일상이 위로받는 일이다. 김재언은 자신이 심은 시의 모종을 '사람 하게' 하려고 작은 과정 하나도 허투루 지나치지 않는다.

김재언의 이번 시집 『꽃의 속도』는 한 잎 한 잎 거름을 하고 햇살에 내놓으며 '사람 하'게 키워낸 첫 번째 소중한 꽃나무다. 서두르지 않고 채워가는 김재언의 시세계를 들여다보면 작고 낮게 밑바닥을 기는 대상들에게 내미는 온기에 닿을 수 있다. 그녀가 발견하거나 그녀를 찾아온 시는 언제나 그녀의 삶 가까이에서 사람을 꽃피우며 내면사유가 깊어진다. 그녀의 첫 시집 『꽃의 속도』가 차분하게 겪어가는 생의 목소리는 얼마나 달큰한 향으로 피어날 것인가.

2. 가족, 깊은 그늘의 여운

시는 보편적인 것을 말하는 인간 구원의 언어다. 그래서 아리스토텔레스Aristoteles는 개별적인 것을 말하는 역사보다 시가 더 철학적이며 고귀하다고 주장한다. 김재언의 시는 생생한 체험에서 발견한 시적 대상이나 사유를 현실에 밀착된 언어로 풀어낸다. 현재적 관점에서 제기되는 유년의 기억은 개인의 특수한 문제를 다루지만 모든 이들이 공감할 수 있다는 특징을 가진다. 김재언의 시에서 보편적인 생의 모습을 가장 잘 드러내는 서사의 중심에는 가족이 있다. 그녀는 보편적 기억의 대상인 가족을 통해 독자와 공감대를 형성하고 있다.

가족은 양면의 모습을 가진 혈연공동체다. 고달픈 생을 기댈 수 있는 가장 든든한 어깨이자 가장 큰 상처를 주기도 하는 아이러니한 존재다. 그래서 위대한 사랑은 가족을 돌보는 것부터 시작된다는 마더 테레사Mother Teresa의 말은 백분 공감이 된다. 김재언의 가족서사에는 부스럼으로 낮밤을 울던 어린 자신을 고치기 위해 민간처방을 찾아 헤매던 부모님과, 시인의 심장을 그리움으로 울렁이게 하는 아들이 있다. 살펴볼 다음 시편들은 유년체험을 회상하는 원형적 이미지의 가족이야기가 생의 허공을 파랗게 채우거나(소나무 그늘 한 채), 반투명 막이 오랜 소리를 매기듯(매김소리) 편편마다 보편적인 인간 구원의 서정성이 물씬 묻어나는 가족 서사다. 다음 시편들은 가족 중에서도 가장 근원적인 모성에 바짝 다가선다.

입을 먹여 살리는 사람은
포돗빛 짙은 젖꼭지를 가지게 된다

돌아올 수 없는 눈망울이
그렁그렁 맺혀 있는 천장
모래시계 아랫배가 흘러내리는 동안
푸른 입들을 키운 젖무덤이 얼룩진다

생인손 같은 여덟 개의 동심원이
욱씬욱씬
주름 깊은 물무늬로 번져간다

다리 뻗는 자리가 머리맡이 되는 저녁
암매미 침묵 같은 가슴골 사이로
앙상한 물소리가 스며든다

온몸 늘어진 습식 사우나
느린 숨을 세는 미수米壽의 여자가
물실크로 박음질한 홑이불을 덮고 있다

쪼글쪼글한 생을 한주먹 그러쥔 채
　―「건포도」 전문

　위 시는 습식 사우나에 누운 "미수米壽의 여자"에게서 짙
은 포도 빛깔의 젖꼭지를 본다. 그 젖꼭지는 "입을 먹여 살
리는 사람"의 것이라는 시인의 발견에서 이 시는 시작된다.
사우나 천장에는 물방울들이 매달려 있다. 천장에 맺힌 물
방울들은 자신의 곁을 떠나 부재하는 어머니에 대한 그리
움으로 전이된다. 갓 떨어진 아기꽃처럼 떼 낸다는 건 그리
움을 씻어내는 일이듯(「낙화」), 물방울은 돌아올 수 없는 어
머니의 눈망울로 그렁그렁 맺혀 있다. 사우나에 누워 온몸
늘어진 노인의 젖무덤은 "물실크로 박음질한 홑이불을 덮"
듯 땀으로 얼룩진다. 화자는 "푸른 입들을 키"운 늙은 여자

의 얼룩진 젖무덤에서 세상 어머니들의 고단하게 번져가는 생의 물무늬를 발견한다. 그 동심원은 "생인손"처럼 "욱씬욱씬" 아릴 수밖에 없는 어머니들의 고통과 인내의 시간임을 시각이미지로 형상화하고 있다. 원형의 모습을 잃어버린 건포도처럼 쪼글쪼글해진 생을 그러쥔 채 습식 사우나에 누워 있는 "미수米壽의 여자"를 통해 자신의 어머니와 세상의 모든 어머니에 대한 그리움을 소환하고 있다. 다음의 시 또한 같은 맥락의 주제를 보여준다.

담요를 밟는다
빨래 위로 북덕북덕 부푼 다섯 살
붉은 통이 태어난다

〈중략〉

모를 심는 동안
엄마는 다라이 안에 나를 심어 두었다
그늘 이불 안에서
꿀잠을 싹틔우던 아이가
조막손으로 잎맥을 뻗어갔다

아집 속에 갇힌 엄마가
고무통에 몸을 담그고 있다
무릎뼈 흐르는 소리를
물결에 풀어 놓았다

한 올 한 올 헹구는 요단강물
뼈의 울음이 마디마디 붉다
　　　―「붉은 마법」부분

　담요를 밟아 빨던 화자는 비눗물처럼 부풀어 오르는 다
섯 살 유년의 기억을 떠올린다. 모내기를 하던 엄마는 "다
라이 안에 나를 심어두"고 모를 심었다. 다섯 살 어린 화자
는 그늘이 덮어주는 "그늘 이불 안에서 꿀잠을 싹 틔우"며
자랐다. 유년의 시점은 성인이 된 화자에게로 옮겨간다. 이
제 화자의 노모는 "고무통에 몸을 담그"고 있다. 화자의 엄
마는 "무릎뼈 흐르는 소리"를 물결에 맡길 만큼 연로하다.
유년의 나를 다라이 안에 심어두었던 젊은 엄마가 고무통
에 몸을 담근 노모로 변화하는 시간을 통해 마디마디 붉
어지는 죽음을 읽고 있다. "한 올 한 올 헹구"는 물은 죽음
을 나타내는 관용적 표현의 '요단강물'이다. 고무통 안에서
"뼈의 울음이 마디마디 붉어"지는 붉은 마법이 일어난다.
이 시는 과거와 현재 시점을 넘나들며 어린 화자와 노모의
행위를 재구성하여 죽음으로 달려가는 무상한 생의 순리를
보여준다.

잘근잘근 되새김질하는 소 곁을
내내 맴돌던 아버지 울안

이제 꼬리로 쫓는 쇠파리 여름과
툭툭 터지는 도라지 망울 보면서

잦은 기침 소리를 잊어야 할 때

새로워진다는 것은
생의 허공을 파랗게 채우는 것일까

아버지로 서 있는 소나무가
삭은 그늘 한 채 지우고
슬하의 지붕 위로 이엉을 덮고 있다
　　—「소나무 그늘 한 채」 부분

낮밤을 울었다
말복 초입에서 가장자리로 번져가는 부스럼
어린 나를 태우고 양밥이 떠간다
　　—「목선」 부분

　「소나무 그늘 한 채」에서 화자는 "아버지의 울안"을 허물어 새로운 공간을 만들고 있다. 그곳에는 아버지의 유품 같은 기억들이 가득하다. 이젠 잊어야하는 아련한 추억들로 생의 허공을 파랗게 채워가는 마당 한켠 소나무를 보며 건재했던 아버지를 떠올린다. 이제 "삭은 그늘 한 채"를 지우고 슬하의 지붕 위로 이엉을 덮어주는 소나무는 자신의 보호막이 되어주던 아버지의 부재를 위로하는 든든한 한 그루 나무이자 아버지가 된다. 「목선」에서 화자의 부모는 자신이 어린 시절 번져가는 부스럼으로 고통에 울 때 온갖 민간요법을 찾아 발품을 아끼지 않는다. 딸의 병을 고치기 위해 목선을 치료법으로 사용했던 양밥은 부모님의 사랑으로 이루어진 주물呪物이다. 민간신앙은 초월적인 힘에 의해 액을 막는 방편으로 사용되지만, 이 시의 기저에는 부모님의 사랑이 어떤 민간요법보다도 초월적인 힘을 가지고 있다는 것을 보여준다.

부스럼을 앓던 화자는 이제 엄마가 되었다. 화자는 타지에 살고 있는 아들이 오랜만에 설에 온다는 전화 목소리에 단전으로 쏟아지는 떨리는 아침을 맞는다고(「극한 증후군」) 고백한다. 자신이 부모에게 받았던 사랑을 자신의 자식에게 전해주는 내리사랑은 아무리 줘도 마르지 않아 끝없이 퍼주게 되는 화수분이다. 그래서 피는 물보다 진할 수밖에 없다. 위 시편들의 가족 서사는 혈연공동체인 가족이 상호교감과 유대를 통해 서로에게 가치를 부여하는 위대한 존재라는 깨달음을 전해준다.

3. 시적 진술, 그 깨달음의 세계

김재언 시에서 만나게 되는 시적 진술은 시인이 깊게 탐구한 깨달음이다. 해석적 진술은 객체 중심의 탐구와 비판의 성향을 갖는데, 시적 대상에 대한 집요한 의미 탐구는 내성적 자각의 특징을 보여준다. 뿐만 아니라 해석적 진술은 대상에 대한 시인 나름의 의미 해석이 담긴 새로운 세계관이다. 다음 시편들에서는 해석적 진술이 돋보이는 관조적 깨달음의 세계를 만날 수 있다.

참깨를 푼다

휘휘 조리질하면
밀려나지 않으려는 알곡들이
물살을 파고든다

무게는 바닥에 닿으려는 발바닥의 습성
선에 들지 못한 쭉정이들은
파문 밖으로 밀려나고

뒤척이지 마라
가라앉아라

물은 저울이다

'여문'이란 태양의 정수리가 붉었다는 말
수태기의 절기를 다진 깨알은
제 속을 단단히 채웠을 것이다

평형에 매달린 낱알들이
기울어진 중심을 버티고 있다
어림의 잣대로 부유하는 호흡들
수면이 잠잠해질 때까지
물의 눈금을 측량하고 있다
—「물저울」 전문

닳은 눈금의 뒤축을 읽어본다
바닥이 된 무량의 기울기를

〈중략〉

눈물과 눈금 사이는
무게추로 조율되지 않는 우기
비스듬한 수평으로 멈추어 버린
걸어도 걸어도 기운 저울대 바깥

갈증의 늪으로부터, 헤어나지 못한 통증으로부터

늑골이 걸린 쪽으로 추를 밀어본다
당겨보는 마음가에 마음을 달아보는 거야
민낯을 저울질해 보는 거지

행幸의 방향으로 기울어진 추가
불행을 밀어내는 거야
평형을 바로잡는 거지
　　—「행복저울」 부분

　위 두 시는 저울 이야기다. 물로 만든 저울과 행복으로 만
든 저울. 이 둘은 어떤 차이가 있을까?「물저울」에서 화자
는 참깨에서 돌을 골라내려고 "휘휘 조리질"을 하고 있다.
물속에서 조리를 돌릴 때마다 알곡들은 수면 위로 밀려나
지 않으려고 부지런히 물살 아래로 파고든다. 이때 여문 깨
알은 제가 채운 든든한 무게로 인해 물 밖으로 밀려나지 않
는다. "여문이란 태양의 정수리가 붉었"기 때문이라는 시

인의 진술은 경험과 탐구로 알게 된 새로운 깨달음이다. 뜨거운 태양을 견디며 잘 여물었을 때 '경쟁'이라는 냉정한 세상 밖으로 밀려나지 않음을 감각적 이미지로 형상화하고 있다. 화자가 물에서 저울질하는 조리질에는 중심을 버틸 수 있는 꽉 찬 알곡과 버티지 못하는 쭉정이들의 비애가 대조를 이루고 있다.

「행복저울」에서는 물이 저울이 될 수 있다는 발견을 통해 행복을 저울질하는 행복저울을 발견한다. 행복저울에서는 무게추로도 도무지 조율되지 않는 "갈증의 늪으로부터, 헤어나지 못한 통증으로부"터 "민낯을 저울질"해보는 현대인의 욕망을 드러낸다. 추가 행의 방향으로 기울어져야 불행을 밀어내고 평형을 잡을 수 있다. 하지만 행을 잡으려고 한쪽으로 쏠리는 욕심은 행복저울이 기울어지게 만들 뿐 오히려 평형을 유지하기 힘들다. '행복저울'은 경쟁과 욕망을 부추기는 현대사회의 단면을 보여주면서 저울에 부여된 의미를 성찰하게 한다.

얼음장 갈피 따라
꽃술은 차례로 디뎌갈 것이다

아껴둔 말을 쏟아내듯
주춤거리는 곁가지도
빛에 물들 것이다

에두르다 햇빛 기우는 쪽
이슬 흔들리는 표정으로

나비를 기다릴 것이다
어둠이 열릴 때까지

꽃자루에 매달린 벌레도 앉히고
숨결 바라보며
첫사랑은 향기로 닿을 것이다

열지 않으면 꽃이 아니라고
길 멀어도 물어물어
그리움 한 잎 한 잎 디뎌갈 것이다

달빛 깊은 속내 읽어낼 때까지
꽃은 서두르지 않을 것이다
　　　　　　　　　　　─「꽃의 속도」 전문

　위 시 「꽃의 속도」는 표제작이다. 꽃을 피우기까지 견뎌야하는 속도는 한 잎 한 잎 꽃이 겪어가는 생의 과정이다. 꽃이나 삶이나 하루는 차례대로 디뎌가는 순리를 거스르지 않고 나아간다. 하지만 현대인들은 바쁘다는 말을 되풀이하며 숨 돌릴 틈 없이 서두르다 허방도 짚고 건너뛰다 엎어지기도 한다. 아무리 흔들려도 온전히 이슬일 수 있도록 꽃은 "어둠이 열릴 때까"지 사유하는 속도 조절이 필요한 것이다. 어차피 겪어야 할 과정들을 지나가야 나비도, 첫사랑도 향기에 닿을 수 있다. 꽃은 "달빛 깊은 속내 읽어낼" 때까지 지레 달려가거나 건너뛰지 않고 "햇빛 기우는 쪽으"로 "그리움 한 잎 한 잎 디뎌"갈 것이다. 다음 시편들은 자연의 물질적 상상력과 교감하는 시적 화자의 삶에 대한 지향점을 발견할 수 있다.

기다리고 기다렸어요
가리지 않았습니다
허방은 앉힌 적이 없습니다

걸려 넘어질 때
심장이 쿵쾅거리면
저를 낮춰드릴게요
얇은 귀가 술렁이면
네 개의 맨발로 막아보겠습니다

〈중략〉

닦을수록 내력이 깊어지는 저를
등지기라 불러주시겠어요
저녁이면
웃음소리를 태워주는 그네가 되겠습니다

부디,
꽃자리가 되게 해주십시오

제가 바라는 건 나이테를 잊는 일
나무였다면 낮은 숲을 달래고
바람이었다면

유목의 소리를 귀담아 듣겠습니다
　　　　　　　　　　─「의자의 말씀」부분

목백일홍을 옮겨 심었다
사람 하느라 앓은 몇날 며칠
흐려진 꽃물로 버티고 있다

〈중략〉

사람을 한다는 건
들숨을 순하게 내뱉는 일
몰아쉬는 나무의 숨이
한 줄 나이테를 늘일 수 있을까

배롱가지에게 휘파람새가 일러주고 있다
자죽자죽 모둠발 앞세우면
짓무른 수피에 흥얼흥얼 새살이 돋을 거라고
　　　　　　　　　　─「사람을 한다」부분

　온전히 대상에게 몰두하는 시에서는 시인의 생목소리가
더욱 잘 들린다. '의자'는 시인이 하고 싶은 말을 대신 들려
주는 객관적 상관물이다. 「의자의 말씀」에서 '의자'의 말씀
은 화자의 내면을 대신 전해주는 메타포로 작용한다. 의자
가 들려주는 말씀을 듣다보면 숙연해진다. 의자는 자신이
"걸려 넘어"지거나 "벼랑으로 밀"려도 자신을 "낮춰"주겠
다거나 "바퀴 달린 낙하산을 펴"주겠다고 공언한다. '둥지

기'가 되어주고 '그네'가 되어준다는 의자의 말씀 속엔 타인을 위해 자신을 낮추고 수용하는 시인의 모습이 담겨 있다. 의자는 자신이 나무였던 근원을 떠올리며 나이테를 잊고 낮은 숲을 달래겠다고 전한다. 때로는 바람이 되어 "유목의 소리"까지 "귀담아 듣겠다"는 1인칭 주인공이다. 의자는 타인을 향해 자신을 희생하는 화자의 긍정적 에너지를 대신 책임지고 있다. 납작하게 낮추고 꽃자리가 되어 세상을 밝히고 싶은 화자의 의지가 의자 이전의 나무였던 근원적인 사유로 드러난다.

「사람을 한다」에서 "사람을 한다"는 건 쓰다듬어주고 싶은 생명의 말이다. 이사를 가도 전학을 가도 새로운 곳에 뿌리를 내리고 정착하려면 쉽지 않다. 더러는 적응하지 못해 문제를 일으키기도 하고 힘든 시간을 이어가기도 한다. '사람을 한다'는 건 힘겹게 뿌리를 내리고 실뿌리를 뻗어가는 신비한 힘을 발휘하는 것이다. '사람 하기'까지 인내하는 시간은 굳세게 버텨야 하는 과정이다. 그러므로 '사람 한다'는 건 고통을 이겨내고 잔뿌리에 심줄이 불거질 수밖에 없는 대견한 일이다. 위 시편들의 진술에서 돋는 새살의 의미를 통해 기다리고 내주고 낮추는 김재언의 시적 세계관을 알 수 있다.

4. 욕망의 흘림체들

시의 효용에서 사회비판이나 자아성찰은 중요한 주제다. 김재언의 사자후獅子吼는 타인을 배제하고 이기심과 무관심이 난무하는 현실비판을 생생하게 전해주는 증언이다. 민초들의 삶이나 폐해를 풍자하거나 비판하는 시, 또는 과몰입된 경쟁과 스트레스로 인한 현대시들은 현대사회에서 발생하는 인간의 허상에 대한 욕망과 무책임한 사회의 갈등을 성찰하는 힘을 갖는다. 다음의 「끄다」와 「튀다」는 욕망으로 일그러진 현대인에게 성찰할 기회를 열어주는 시편들이다.

'끄다'는
거두는 마음에 물꼬를 트는 일
불암산에서 치솟는 불기둥
끌 수 없는 화염이 바람을 태워간다

유튜브 *끄고*, 말초신경을 *끄고*, 폰 *끄고*, 안전문자를 *끄고*
사각틀에 갇혀
소리를 *끄다*, 벽을 *끄다*, 채널을 *끄다*
물음을 *끄는* 손가락 갈피가
시시각각 눈맞춤을 비껴가는
너의 99도

결코, 끊지 않을 뒷모습에
뒷모습을 겹치면
순간이 순간을 꺼트리는 사이
멍에를 *끄고*, 새끼손가락을 *끄고*, 안부를 *끄고*
끝없이 부활하는 스팸을 몇 번씩 *끄고*, *끄고*
네게 치우친 어깨의 기울기를 끈다

골똘한 불씨에 능선이 먹히고
화염을 끄지 못한 손끝은 화룡점정
부추기는 바람에 소리는 뜨거워지고
  ―「끄다」전문

귀를 막아도 뜨겁게 쏟아지겠어
눈덩이가 솟구쳐

땅값이 뻥 튀었다는 풍문에
한 끗 터지는 꿈은 가상으로 담겨 있어
물고 온 박 씨를 삼켜 버릴지도 몰라
박이 뻥 튀면 제비는 폭탄이 될 테니

〈중략〉

뻥튀기 안고 오는 길
튀밥은 자루와 튀밥튀밥 수군거렸어

툭툭 터지는 소문을 뒤집는 거야
허파에 갇혔던 공기를 한 방에 빼보겠어
  ―「튀다」부분

　위 두 편의 시에서 끄는 것과 튀는 것은 걷잡을 수 없이 번
져간다는 데 문제가 있다. "거두는 마음에 물꼬"가 트이고,
"귀를 막아도 뜨겁게 쏟아지"니 감당이 불감당이다. 한번

붉은 불기둥은 끝없이 욕망으로 치솟기만 하고, 툭툭 튀는 소문은 뻥 튀긴 튀밥보다 더 헛배가 불러온다. 현대인은 각종 매체와 미디어에 갇혀 옆도 뒤도 돌아보지 못 한다. 그저 벼락부자가 되었다는 소문에 급급해 욕심 가득한 발이 허공에 떠다닌다. 인간을 경쟁구도로 몰아붙여 갈등을 유발하는 산업사회에선 번져가는 산불이 잘 꺼지지 않듯, 튀밥처럼 튀겨지는 소문은 부풀려진다.

　왜 우리는 꺼야할 것과 끄지 말아야 할 것을 구분하지 못하는 걸까? 틈만 나면 액정에 갇혀 끌려 다니는 정신과 마음은 화염을 부추기는 바람에 화룡정점으로 치달릴 수밖에. 그저 한꿋 터질 일장춘몽의 욕망에 빠져 일삼게 되는 거짓이나 비정상적인 행위들에 일침을 놓는다. 수입산 참깨를 농사지은 참깨라고 파는 할머니의 거짓 흘림체에(「참깨의 흘림체」) 속은 자신을 돌아보거나, 로드킬로 숨이 넘어가는 고라니를 지켜보는 매정한 까마귀들처럼(「44번 국도」) 약자인척 약자를 속이거나 공격하는 행태를 신랄하게 풍자한다.

5. 더딘 걸음으로 사람 하는

　김재언의 첫시집 『꽃의 속도』는 지혜를 탐구하기 위해 더딘 걸음으로 디뎌간 시집이다. 시적 대상을 포획하여 시세계의 결과물로 빚어가는 언어의 속도는 서두르지 않아서 어깨를 걷고 걷기에 편안하다. 그녀의 내면 사유는 특별히 앞서거나 욕심 부리지 않고 차분하다. 골똘하게 자신을 건져 올린(『손금』) 이번 시집에서 김재언이 추구해온 시적 세계는 시인의 천형으로 연주해가는 언어를 보여준다. 목련화를 주저 앉혀 전설이 된 시인처럼 그녀는 자목련 아래 누워 봄밤의 불씨를 기다린다(『페어웰』). 절망의 순간을 건너고 극한의 고통 끝에서 '시'라는 환희를 받을 수 있게 된 그녀. 김재언은 환희의 순간을 온전히 '시'로만 완성할 수 있는 천상 시인이다.

김재언은 가능한 것과 가능하지 않은 것까지 표현해내려는 시적 이상理想으로 잠재된 세계까지 파고들어 독자와 자신을 위로하고 구원의 빛을 던진다. 언제든 어디서든 시의 언어가 피운 꽃나무들의 걸음에 귀를 기울이며 한 발 뒤에서 겸허하게 발맞추는 김재언. 그녀의 시는 자신이 찾아낸 유려한 언어로 독자를 향한 열림을 꿈꾼다. 김재언의 첫 시집 『꽃의 속도』는 '사람을 한' 시편들로 울창하다. 시인이 극진하게 보살핀 씨앗과 모종은 '사람 하여' 짙은 그늘을 드리우는 시의 숲이 되었다. 거듭 '사람 하는' 생명의 문장들이 악수를 청해오는 유월. 맞잡은 손바닥 사이로 소록소록 초록언어들이 돋아난다.

김 재 언

김재언 시인은 1958년 경북 청도군 매전면 장연리에서 태어났고, 경남 밀양에서 살고 있다. 2021년 『애지』로 등단했으며, 밀양문인협회 회장을 역임했고, 현재 한국문인협회 회원 및 도시락挑詩樂 동인으로 활동하고 있다. 2024년 1월 제1회 청도문학 작품상을 수상했다.

김재언의 첫 시집 『꽃의 속도』는 '사람을 한' 시편들로 울창하다. 시인이 극진하게 보살핀 씨앗과 모종은 '사람 하여' 짙은 그늘을 드리우는 시의 숲이 되었다. 거듭 '사람 하는' 생명의 문장들이 악수를 청해오는 유월. 맞잡은 손바닥 사이로 소록소록 초록언어들이 돋아난다.

이메일   jum1958@hanmail.net

김재언 시집
꽃의 속도

발   행   2024년 6월 30일
지은이   김재언
펴낸이   반송림
편집디자인   반송림
펴낸곳   도서출판 지혜, 계간시전문지 애지
기획위원   반경환
주   소   34624 대전광역시 동구 태전로 57, 2층 도서출판 지혜
전   화   042-625-1140
팩   스   042-627-1140
전자우편   eji@ji-hye.com
             ejisarang@hanmail.net
애지카페   cafe.daum.net/ejiliterature

ISBN   979-11-5728-544-0   03810
값   10,000원

경남문화예술진흥원
GYEONGNAM CULTURE AND ARTS FOUNDATION

* 이 책은 경남문화예술진흥원의 문화예술지원을 보조받아 발간되었습니다.